푸른
시인선
19

낙타와 편백나무

이창봉 시집

푸른생각
PRUNSAENGGAK

푸른시인선 019

낙타와 편백나무

초판 1쇄 발행 · 2019년 11월 5일
초판 2쇄 발행 · 2019년 12월 1일

지은이 · 이창봉
펴낸이 · 김화정
펴낸곳 · 푸른생각

편집 · 지순이 | 교정 · 김수란
등록 · 제2019－000161호
주소 · 서울시 마포구 토정로 222, 402호(신수동, 한국출판콘텐츠센터)
대표전화 · 031) 955－9111(2) | 팩시밀리 · 031) 955－9114
이메일 · prun21c@hanmail.net
홈페이지 · http://www.prun21c.com

ⓒ 이창봉, 2019

ISBN 978－89－91918－77－1   03810
값 9,500원

낙타와 편백나무

아침에 산책하다 만난 목이 부러진 들꽃 한 송이를 우두커니 보다. 가슴에서 눈물이 글썽인다.

시가 그 꽃 같다. 청춘의 어느 날 종로 뒷골목을 걸으며 다짐했던 문학예술의 열정은 얼음처럼 식어 있다. 죽거나 혹은 싸늘하거나.

내 몸은 최후의 저항으로 파르르 떨린다. 그 힘으로 쓴 시들이다.

저 너머에는 알람브라 궁전의 추억이 있다. 왜 우리에게 시는 떠났을까. 왜 우리에게 시인은 떠났을까. 그런 고민을 10여 년을 했다. 30촉 백열등을 켜고 밤을 건너던 어느 종로의 선술집에서 나는 소리 없이 통곡했고 시민들은 하루치 뉴스 앞에서 웃었다. 그 속에서 나는 아무도 모르게 결심을 했다. 혀를 깨물며 다시 시를 쓰겠다고.

늘 흔들리지 않을 것 같은 내 정신에 구멍이 났던 것은 그 즈음에 알았다. 그 구멍으로 바람과 헛기침과 소란들이 새어 나온다. 다시 정신은 길을 찾아 떠날 것이고 그 여행은 개울을 건너 산으로 간다.

그러니까 그 길은 이제 새로운 정신의 길이라고 적어야겠다. 이번 두 번째 시집이 걷는 새로운 정신의 길을 떠나는 나그네의 노래 혹은 주문이라고 적어야겠다.

같이 시를 썼던 비화가 보고 싶다.세상 앞에 한없이 나약하게 지쳐서 쓰러져 있을 그를 찾아서 걸어야겠다.

2019년 가을
이창봉

| 차례 |

제2부 알을 품고 싶다

제3부 **퇴촌편지**

제4부 겨울나라

제5부 낙타와 편백나무의 노트 혹은 멀미

제6부 들판의 풀들아

제7부 아르노 강가 골목을 지나며

제 1 부

토
마
토

토마토

너는 겉과 속이 같아서 좋아

한평생 만난 친구처럼

말소리만 들어도

마음을 알 수 있어서 좋아

태양의 열정을 품고

땅의 숨소리로 키운 꿈 하나

빨갛게 하늘을 붙들고 있지

내가 너무 쉽다고

오늘 하루 손해 본 것처럼 살았어도

그 친구만 내 곁에 있어주면

좋겠구나

좋겠구나

그 꽃

산을 내려올 때 그 꽃이 져버린 걸 알았다
붉은 노을에 가냘픈 몸매만 흔들고 있었다
이제 그 꽃의 얼굴이 기억이 안 난다
왜 그렇게 인사도 없이 새벽에 떠났을까
얼마나 예뻤던지
달빛에 몰래 나가 보고 왔었는데
이름을 알기도 전에 그 꽃은 나를 떠났다
한 번 부둥켜안고
사랑한다 고백도 하기 전에 나를 떠났다
사랑하는 이를 떠나보내면 얼마나 가슴이 아픈지
그 꽃은 알고 있었다
그 꽃은 자기를 사랑하기 전에 얼른
신발도 채 못 신고 하늘로 갔다
그래
나를 떠났던 모든 것들아
내게 상처를 주지 않기 위해
발꿈치를 들고 고요히 이별했었다는 것을 알았다
그리운 그 사람들이여
꽃이 밤새 피었다 지는 것처럼

아름다운 이별은

눈물을 보이기 전에 하는 거라고

사랑하는 사람에게 나지막이 들려주며 떠났던

그 꽃

낯선 그 꽃

길

길을 잃으면 풀도 발에 차인다
마음도 먼저 알고 무겁다
지나온 신발 소리만 들린다
다시 시작하면 될 텐데
발, 마음을 잡고 있는
이 여운은 무엇인가
여기서 다시 시작하면 될 텐데

구월에서

하얀 봉투의 편지들이
대문 앞 우편함에 꽂혀 있었다.
내 주소는 맞는데
보내는 사람들 이름이 없다
뜯어보면
나와 그대 사이에
아직 걸어야 할 길이 멀다고
쓰여 있다
어디서 온 건지
이리저리 살펴보아도
주소가 없다
하늘을 보니
구월이다

밤풍경

어둠이 내리면 먼저 빛나는 별은
그리운 사람일 거야
님에게 보내는 안부편지를 들고
빨간 우체통 근처에서 서성이다
명왕성쯤에서 온 빛살이
가슴으로 들어온다
누구의 답장일까
외로운 자의 창문이 열리고
포장마차 30촉짜리 전구가
흔들리며 짙은 밤을 건너고 있다
누가 벗어놓고 갔는지
벤치 위에 외투가 바람에 펄럭인다
어둠 속에서
노점 마차가 어둠을 밀며
언덕을 넘는다
이 어둠이 아니었다면
제값을 부르고 살
노점상 야채가게 아줌마의 등 뒤로
가로등 불빛이 숨죽이며

안개 속을 헤집고 달아난다

아, 이 숨 막히는 어둠의 발성 연습

백지

구월, 깊은 밤
백지가 하는 말
귀를 세워 듣고 있다

내 공허한 마음에 부딪히는 바람
이 세상 심심할거라고
잘 다녀 오라는 손짓

나와 그대 사이엔 아직
천 길 만 길 걸어야 할 길이 있다

그래 언젠가는
내 마음 몇 자 적어 보내리라

강가에 우두커니 서 있는 돌멩이
마음이 들키다

밤등대

밤길을 걷다
별을 보고 길을 묻는데
밝은 눈을 번뜩이며
등대가 말한다
나도 그 사람의 등대라고
내가 걸어온 길을 잊고
활활 저 바다를 비추라고

바람 속에서2

바람, 산산이 흩어져
외진 산속 첫사랑 꽃 이름
끝끝내 찾아내서
가을 벤치 위에 서성거리는 바람아
저 하늘 명왕성까지 함께 가서
이 그리움의 외투를 벗고 오고 싶다.
새벽에 내린 간이역에
누가 벗어놓고 간 구두 한 켤레의 꿈,
보았지?
네 몸에 맞지 않아도 신고 가주렴
슬픔을 잠으로 달래며
고개 숙여 나부끼는 강아지풀에게
목 놓아 사랑을 부르며
이제 저 우주 끝에 가서
아무도 모르게 울어주고 싶다고
전 · 해 · 주 · 렴

새벽 길

새벽 별빛
내 공허한 가슴을 열고
환하게 부딪힌다
나와 천국 사이엔 아직
천 길 만 길 걸어야 할 길이 있다
그래서
나는 남보다 일찍 깬다
강가에 돌멩이 밟는
내 발자국 소리
잘그락 잘그락
겨우 겨우 새벽 길 건너 오다

그리운 눈물이여

슬픔을 엉엉 울며 얘기해본 적이 없네
눈물로 간절한 소망을 소리쳐 불러본 적도 없네
왜 울지 못하는 눈물이 가슴속에 가득한지
잔뜩 괴어서 글썽거리고 있는지
혜성처럼 둥둥 떠다니는 정체 모를 눈물이
눈 속에 가득한데
마음속에 그렁그렁한데
소리쳐 너를 불러 와락 껴안고 울 수 없네
그곳으로 가는 길에 입을 벌리고 서 있던
컴컴한 터널 끝이 두려워
마치 평평한 지구를 믿던 시절처럼
나는 말하지 못하고
그리워만 하고 있는 거다

제 2 부

알을 품고 싶다

어느 날 나는

어느 날 나는 마음 쓸 일에 몸을 썼다고 땀 냄새를 맡고 벌레들이 날아든다

내 영혼은 수 년째 망가진 가로등처럼 시도 때도 없이 전등불이 켜졌다 사라졌다

아무도 알아채지 못한다 고장 난 전기밥솥처럼 설익은 밥만 자꾸 해 온다

이럴 때 나는 예수의 무덤 앞에 선다 독이 오른 몸도 죽이고 고장 난 영혼도 죽여서

파란 삽으로 단단히 묻고 돌아온다 보도 블록을 밟으며 단단히 한 결심을 잊지 않으려고

애꿎은 신발 끈만 쭈그려 앉아 다시 묶다 어느 날 나는 시계를 보듯이 또 나를 만날 거다

들판 바람 속에서 꽃과 꽃이 서로 쓰다듬어도 사랑하는 것만이 아니리라 항상 옆에 있어도 이별하듯 포옹이라는 것을 그렇게 몸에게 마음이 편지를 썼다

별에게

유월 밤
내 마음은 평화롭다
성자들이 하늘가로 가면
자기 자리를 양보하는 별들
살면서 하고 싶었던 이야기 있었지만
이제 빛나며 말해도 늦지 않으리
말이 건널 수 없는
침묵의 강에서 나는 산다.
비틀거리는 사람들의 분
그 말을 적지 않는다
옷을 입고 오는 봄비를
나는 보지 못했다
젖을 것이 없으니
새로 말릴 이유도 없으리
흔들리며 건너는
골목 전봇대 등불 아래에서
내 영혼 외롭다고 울지 않겠다
별아,
사랑아,

매일 부둥켜안고 아파도

피를 흘려도

너는 절대 놓지 않으리

어느 날

1막 낮,
바람 속에서 한 바람으로 부는 동안
바다로 가서 한 바다로 흐르는 동안
내 눈길에서 사라졌다 나타나는
구름 속에 창백한 해를 보다

2막 그리고 낮,
눈이 밝아져가는 안경원숭이처럼
숲속을 떠돌다
까마귀가 느린 날개로 날다 눈을 마주치다
수선화는 제 사랑을 허물고
강을 노랗게 물들이다
낯선 신호들

3막 그러나,
휘파람새의 둥지로 간다
내 영혼을 위로해줄 나라로
잠든 실개천 가에
깡마른 잠자리가 오후 사이렌 소리에

황급히 떠나다

개미가 아무 일 아니라고

잠들다

4막 저녁,

이름 모를 기차역에서 내렸다

플랫폼에서 달빛에 더듬거리며

보들레르의 알바트로스를 읊조린다

기차는 내가 세상과 낯설어진 거리만큼

역에서 멀어지다. 사라진다

노을이 지고 핏줄처럼 내 속에서 강이 흐른다

5막 밤,

돌아와 눕는 방, 주문처럼 도스토옙스키를 읽다

연극이 끝난 무대에 커튼이 내린다

허공에 떠도는 섬처럼

시가 죽고

문학이 죽고

살아야지

그래도 살아야지

아무 일 없었던 것처럼

알을 품고 싶다

나는 내 몸만으로 따뜻해지지 못한다
마음속 깡마른 심지를 밀어 올리며
기를 써봐도 나는 내 스스로
불타오를 수 없다
내가 따뜻해지는
활활 타오를 수 있는
사랑,
그 알을 한번 품고 싶다

텅 빈 나를 위로하며 편지를 쓴다
눈 내리는 마을 창 넓은 집
빈 깡통 속 같은 영혼을 데리고 사는 나에게
긴 편지를 쓴다
아 내가 품었던
따스한 알은 어디 갔을까
그 사랑은 어디 갔을까

어둠 속의 독백

몸이 식었다. 몇 달째 시가 찾아오지 않을 때도 있다. 목이 마르고 무엇인가 쓰지 못하는 것은 내겐 불안한 일이다. 참나무 연필통에 잘 깎아 넣은 파버카스텔 연필심이 나를 쳐다본다. 요즘 나는 예배당 마루 잘 정돈된 방석처럼 마음이 간단하지만 그 고요함에 어리둥절하다. 머리도 마음도 깨끗하지만 그 가벼움에 멀미가 난다. 맨발로 걸어가서 꽃이라도 꺾어 온다. 아 흰 가슴살을 풀어 헤친 달빛의 비린내에 멀미가 난다. 그 속에서 나를 들켜버렸다. 들판에 뒹굴고 있는 낙엽 하나를 얼른 주워 들고 집으로 온다. 채워야지. 한 장의 잎사귀도 푸른 정신을 찾아 들판을 뒹굴고 있다. 이제 정신을 찾아 떠나야지. 문득 어둠 속에서 빛의 얼굴 하나가 소리를 지르며 내 심장을 붙잡는다.

연분

그대와 나 사이에
이역만리 거리가 떨어져 있어도
나뭇가지 사이로 달은 뜬다

수많은 별들이 반짝인다
달빛에 기대어
별빛에 가슴을 씻으며
산모퉁이에 국화가 피어 있다

먼 훗날
사랑한다는 편지를 쓰기도 전
답장을 받으리라

노을 지는 강가를 서성인다
달, 별을 보는데
내 그림자가 조금 쓸쓸하면 어떠하리

이 먼 연분을
뜯어보지 않아도 되는
편지 속에 적고 간다

참회, 그 사람

닭이 세 번 울기 전
나도 그 사람을 모른다고 말했다
모가지를 걸고 믿고 싶었던 것들이
날카로운 칼날 앞에서 나를 떠났다
바람에 매여 있던 삶의 그림자들이
헝겊처럼 펄럭이며 떠돈다
태어났다는 이유 하나만으로
나는 시계를 깨물고 죽어가지만
죽어가는 눈동자는 맑고 맑다
네 이름을 모른다고 모른다고
미치도록 고개를 흔들었는데
다시 내 이름을 부르며 손을 내민다
그 사람

가을 허공 걷다

　그대 마음속에 낙엽으로 떨어져 있더라도 난 행복하네 지난여름 불타는 사랑의 막차를 타고 여기 내려도 나는 쓸쓸하지 않네 전신주에 가로등 불빛 아래로 바람이 낙엽을 데리고 떠나네 몇몇은 내 가슴 속으로 뛰어들었네 내 마음속으로 절벽처럼 떨어지는 낙엽 목숨이 다하고도 살아서 가는 곳이 있네 깡마른 잎사귀처럼 그대 앞에 서도 더 울며 기도해야 할 계절이 있네 텅빈 농협창고 같은 마음 보고 쓸쓸해졌지 친구여 오월 한때는 청춘처럼 황홀했고 가을엔 붉은 단풍처럼 불탔으니 지금 시간의 절벽에 서서 뛰어내려도 바람과 같이 떠나도 이 허전한 마음 달랠 수 있지 다시 태어나도 이 거리에 서서 나무처럼 죽으리라 허공을 걷다가 여기 와서 남은 이야기 다 하리라

혼자 밥을 먹으며

가끔 혼자 밥을 먹을 때가 좋다
새로운 사람을 만나기 두려울 때
내 허기를 들키지 않고
허기 앞에 급한 내 식욕을 들키지 않고
아무도 보이지 않고
만나지 않고
배고픈 눈길만으로 밥을 응시할 때가
좋을 때가 있다
아무도 그런 밥상에 오지 않는다
배고픔을 숨기고 사람들은
세상 사는 이야기에 흠뻑 빠져 산다
혼자 밥을 먹으며
언제 밥 한번 먹자고 한
그이 얼굴만이 하나 스쳐간다
문득 습관처럼
미안했고
치사한 일이었다

뿔이 있던 자리

그대를 만나고 나서
뿔을 다 베어내 버렸다
내 머릿속은 뿔 있던 자리로
세상을 자꾸 들이박는다
우물이 있던 자리에서는
욕망의 두레박이 빈 우물만 긁고 있다
돌아보면
함지박 가득 흘러 넘쳤던 세상의 눈물, 웃음들
꿈과 갈비뼈 사이
미숙한 사랑만 키우던 마음
이제 울지 말고
크게 눈을 뜨고
대패처럼 나를 깎자

어둠 속에서

어둠 속에서 반짝이는 별들이

말하지 않아도 네가 사랑임을 나는 안다

비 오는 밤 가로등은 오랫동안 자신을 버티며

이 길을 비추고 있지만

사랑하는 사람은 그 길로 오지 않는다

사랑이 어둠 속에서 오는 것을 별을 보면 안다

세상이 어두워야 사랑이 더욱 빛나고

더 아름다운지

어둠을 배경으로 별이 더욱 빛나고 영롱한지

어둠 속에 서 보면 안다

나는 그대에게 잊혀지지 않는 별이고 싶다

그대 근처에서 어두워지면 어김없이 떠서 빛나는 별

그대를 만났던 그 자리에 나무 하나 심고

꿈도 심고

밤이 와도 지키고 있을 가로등으로도 서서

어둠이 와도 그대를 기다릴 수 있게

해가 뜨고 달이 뜨는 일상도

지나고 나면 하루치 포장지처럼 가벼운 것을

어둠을 배경으로 빛나는 별

저 별 이름이 떠오른 하늘가 잊혀진 자리에

힘차게 떠오르고 싶다

숯처럼

얼마나 타다 숯이 된 걸까
오십이 넘어서야 겨우 가닿은 까만 꿈속에
활활 소리 내지 않아도 나의 심장은 아직 뜨겁다
아무 발자국도 남기지 않고 걸어가
오랫동안 무겁게 들고 있던 마음을
가만히 내려놓으면
어느새 나의 가슴 안으로 걸어 들어와
다시 한번 타올라라 어둠 속에서 소리쳐 깨우는데
돌아보면,
하나의 꽃불로 찬란한 혼으로
소리 내어 타올라보라며
꿈을 노래를 들려준다
이제 이 달콤한 휴식을 마치고
씩씩 증기기관차가 내뿜는 꿈속에
몸을 던져 활활 태우고 싶구나

소나기

늘 나의 울음을 혼자 들었다
가슴이 타서 쩔쩔매다
조용히 고이는 눈물을
나는 언제나 혼자 흘렸다
눈이 젖어
내 눈 속에 세상이 침몰해 있을 때
내 영혼으로 고함치는 당신

함께 엉엉 울자고
혼자 소리치다
혼자 구원하다
어느새 낯설고 무서운 이곳에 서 있다
밤에 무심한 듯 찾아와
내 울음보다 더 크게 울다
산들의 울음소리
쏜살같이 하늘로 달아나 버렸다

제 3 부

퇴촌편지

전지를 하며

며칠 동안 가위를 들고
나무 근처를 서성거리다가
거꾸로 자라는 가지 하나를 잘랐다.
이슬처럼 피가 흐르고
그 자리로 바람의 길이 생겼다
순간 우주의 시간이 다 그리로 흘렀다
뒷짐을 지고 그 구멍을 쳐다본다
이제 안심이다
싸리비로 잘 쓸어놓은
교회 앞마당처럼
이제 마음의 비율이 맞는다
아픈 청춘의 심장을 부여잡고
갈지자로 걸었던 골목길처럼
먼 그 한때를 닮았던
미안하다 그 가지에게
너무 그리워도
자꾸 내 마음을 찌르지 말라고
기도했다

저 풀씨들처럼

저 간지러운 봄풀씨들처럼
나 꿈 하나 있었지
태양 아래 자유를 노래하며
가는 귀 먹어가는 세상 노쇠한 귀에 대고
더 더 사랑 노래 부르고 살기로 했지
선인장을 안는 것처럼
와락 안아도 나를 찌르는 세상을
미치도록 부둥켜안고 사랑하자고 했지
나 꿈 하나 사랑하는 꿈 하나 있었지
내 마음의 신발이 닳아 없어지도록
네 집 앞을 다녀오다
말하지 않아도 느낄 수 있는
울먹이며 나누는 수화처럼
말없이 죽을 때까지 너를 사랑하자고
하지만 매일 사랑이 너무 아파
영혼까지 절룩거리며 기도할 때마다
저 풀씨들이 날아온 길을 따라가
다시 꿈을 꾸곤 했었지
어느 날 어둠 속에서도 평온해진 마음

그 속에서 익숙한 별자리 하나
죽어 있자고 생각도 했지만
어느새 내 마음 밭에 날아와
싹을 키우는 저 봄풀씨들이여
아, 창을 열고
바람에 날려도 꿈을 꾸리라
부서지도록 꿈을 꾸리라

정원에서

내 작은 정원에
매실나무 한 그루 자라고 있다
빼빼 마른 나무 겨드랑이를 간지르며
어느새 초록 눈 잎이 하나둘 켜졌다
통나무 의자 당겨 앉아 한참을 들여다본다
보이지 않았던 길들이
달빛에 금장 밝아졌다 사라졌다
이제 눈 감으면 보이는 것들

퇴촌편지

　떠나오길 잘했다 오십 년 도시살이에 상처가 성성한 가로
수 길이 끝나면 다시 시작되는 퇴촌으로 새벽 이슬 내리는
소리에 정원 새치 단풍이 더 붉어지리라 아침이면 가슴으
로 창을 열고 햇살을 맞는다 물안개 피는 강이 나지막이 출
렁이면 수선화 한 쌍이 사랑에 몸서리치는 듯 팔당호 길을
아내와 걸으며 어제 품은 생각이 무슨 욕심이었는지 까맣게
잊혀져 기억해보려고 해도 고추처럼 빨간 햇살이 눈을 부시
게 해 간밤에 바람 속에서 용케도 살아남은 강아지풀 하나
얼른 꺾어서 집으로 왔다

봄비

봄비는
무서운 꿈을 깨운 어머니 손길
창밖에는 채송화들 눈길이 환하다
사랑은 가냘픈 다리로
사뿐사뿐 사월을 걸어
대지에 온다
말라 비틀어져
쩍쩍 갈라진 가슴팍 사이로
시원한 춘몽을 데리고
힘센 나팔꽃 피는 소리에
발뒤꿈치를 들고 살며시
내 창을 두드린다

봄비 2

어디선가 돌아와

나의 뺨을 만진 봄비의 손길

새벽에 일어나

풀잎을 일으켜 세우고 산으로 몰려가는

바람

세모 바퀴를 굴리며 오는

바람 속의 빗방울이

버스 차창에 쓰러져 그리움처럼 멀어진다

도라무통을 두드리며 노래하는 싸리나무도

간절해지면

경계까지는 간다 바락바락 슬픔을 굴리며

몸을 때리며 간다

어디서 소름이 끼친다

거울을 보며

아스라이 해 지면 등불을 내어 달고

어디서 뛰어내렸는지

기억상실증에 걸린 신발을 신고

그 푸른 절벽에 섰다

봄비 단상

봄비 오는 소리에 문득 잠에서 깨어

그동안 이승에서 산 내 마음을 만져보니 수척하다

바람이 얼른 눈빛 고운 금잔화 손을 찾아 악수를 한다

아, 너도 외로웠구나

서로서로 안부를 묻는다

봄비를 맞으며 허공에서 뛰어내리는 꽃잎들

마음에 먼저 쌓여 꽃 거름이 되고

밤새 쓴 편지를 그대에게 부친다

색색(色色)이 램프를 켜고 자리를 찾는 동백꽃

바람이 지나가도 자욱이 없다

흉터가 없다

내가 밤새 누구와 얘기한 건지

이리저리 고개 돌려 쳐다보는 강아지풀

봄비가 목이 긴 강아지풀에 대고

외로우면 또 연락해 속삭이며

강 아래 마을로 멀어진다

진종일 벗어놓은 신발만 쳐다보며

봄비 맨발 소리를 듣다

가을비 풍경

산을 걸을 때
가을비가
메마른 나뭇가지 위로
내린다
밤이 내리기 전
그나마 살아남은 정신이
비를 피해 가슴속에 서 있다
보고 있으면
길에서 길을 묻는 나그네 같이
시린 발뒤꿈치를 들고
얼른 떠난다
무서운 꿈을 깨운
새벽
어머니 물 긷던 손길
창을 닫고
당신을 켜놓은 채
남은 잠에 들었다

단풍에

아침 햇살 속에서
단풍나무의 뺨이 더 붉어졌습니다
지난밤 달빛 사랑 고백에

안개 속에서
단풍나무는 수줍어
바람을 와락 껴안았고 몸을 뒤척입니다

단풍이 들고
시월 아침이 오면
나는 그대와 멀리 서 있지 않습니다

지상을 떠나는
낙엽의 발꿈치도
자작나무를 흔드는 바람의 손수건처럼
내 마음도 멀리 못 가 펄럭이겠죠

단풍이 내 마음에 물들고

노을이 지면
산을 내려오는
단풍나무

바람에 향기가 납니다

퇴촌에서
하루 종일 단풍 물드는 소리에
가슴이 먹먹합니다.

하늘

나는 희망이 있어 시를 쓴다
깜빡 잊어버린 하늘을 본다
섬이 없다
두고 온 마음도 없다
실은 어마어마한 일이다
하늘 아래 내가 산다는 것은

제 4 부

겨울나라

2월에

겨울의 눈빛
느린 걸음
꺼져가는 꿈 하나
끝까지 품고
관음교 건너 돌아보니
눈 위에 발자국도
하나둘 사라진다
그만하면 잘 살았다고
바람의 위로인 듯
미미한 햇살에 눈부셔
들리지 않았다

12월 벌판에서

힘센 바람이
힘 약한 낙엽들을 다 데리고
산으로 올라갔다
산에서 내려온 내 발자국은
어지럽다
비틀대다 밤이 되니
남은 길은 손전등을 비추며
걸었다.
칼날 바람이 다가와 스윽
목을 베어 갈 텐데
그래서 살아남은 갈대는 늘 인사성이 밝다
창세기 후 늘 겨울바람은
못 본 척 이 갈대숲을 지나갔다
산을 내려와
무슨 생각을 했는지
스스로 닫히는 고통이
기억나지 않는다
병처럼
혼자 그리워하다

나는 이 독한 마음으로

한평생 허리 굽히지 않고 살다가

고목처럼 서서 죽으리라

오 태양만이 뚝뚝 눈물 흘려주리라

가을 단상

그대를 사랑하였기에
이 갈대처럼 서 있어도 좋네

아무리 기다려도
그대는 이 갈대밭으로 지나가지 않네

아주 오래된 들판의 오두막
그 안에서 활홀한 그리움의 주인이 되었네

그와 나는 쓸쓸함이 닮았네

왜 새들이 노을 속으로 떠나는지
열병의 한 때를 잊지 못해
그리로 날아가는지

코스모스는 자라서
단풍나무의 아내가 되고
그리움은 자라서 별이 되었네

다 외로워서지

난, 그대를 사랑하였기에
가을처럼 쓸쓸히 혼자 늙어가도 좋네

2016 여름

퇴촌 도수초등학교 운동장엔
당번 선생님 풍금 소리
매미 소리
따가운 햇발을 가리우던 소나무
숲을 거닐다 만난
나비들이 여기까지 따라와
까까머리 아이들과 같이 논다
폭염의 한 시절도 저무는구나
언제 여름이었는지
아이들 그림일기장을
펼쳐야 생각나겠지

가을 풍경

억새풀 너머 기다리던
친구의 발소리가 들려
고개를 빼고 두리번거리다
지나가는 바람소리인 게 멋쩍어
단풍나무를 오르던 넝쿨과
와락 손만 잡았다
낙엽이 빈 마음 들키지 않으려고
뒹굴다 내 발목을 잡고 쉬다
먼 우주로 떠난다
괜히 가을나무를 쪼는 새 한 마리만
손짓으로 날려 보내고 있다

겨울 어느 날 단상

12월이 오면
한 발씩 강을 얼리고
한 뼘씩 새벽을 부르는
바람 소리
쓰러지는 별빛이
꽁꽁 연줄처럼 매어 있다
내 눈동자에 가둔 꿈 하나
눈사람처럼 우두커니 기차역 플랫폼에 서 있다
오래된 외투를 입고
네 우울한 역사 속으로 간다
한 치씩 쌓이는 어둠도
무릎까지 빠지는 겨울을 걸어서"
어둠의 끝까지 가리라
내 작은 깃발이 풀어낸 파열음들이
귀 시리도록 달린다
소리 없는 눈물을 흘리며
기차가 서둘러 달린다
강은 소리 없이 울고
별들은 끼리끼리 모여

재잘거리고
얼어붙은 종소리처럼 땅에 떨어지는
꿈
꿈은 기억하고 있을까
맨 얼굴을 할퀴고 가는
바람이 분다
내 땅을 후벼 파내고 겨울잠을 자고 싶다
오십 년 우울증을 벗어놓고
플랫폼에서 기차가 떠난다
네 흙을 파내고 네 속을 떠난다

겨울나라

쉽게 딱딱 부러지는 겨울 나뭇가지를 본다
집을 비우고 멀리 여행을 떠났던 지난여름처럼
꽃을 비우고 땅속으로 숨은 영혼들을 본다……
앙상한 가지만 남은 나무들
이 한 세상 괜히 왔다 가는가 싶은 마음
지우려고
화들짝 가슴속 청춘 사진을 꺼내 보며 닦는다
허공에 대고 호호 부는 입김처럼
세상에 대고 부르는 시 한 편은
120킬로 차창 성에에 손가락으로 쓱쓱 그린 그림 같다
살아남기 위해 숨죽이는 영혼들
지하로 더 깊이 숨은 생각의 잔뿌리들
헛헛한 생각은 모두 지우고
다시 찾아온 겨울에 섰다
대패로 깎은 듯
반듯한 옷차림으로 길을 걷는 사람들
아무렇지 않게
어떤 상처도 없었던 지난 시간들이
이 겨울에도 아무 말 못하고 숨죽이며 간다

겨울로 가는 길

12월 눈 오는 밤

한 뼘씩 샛강이 어는 소리에

멀리서 개가 짖는다

컹 컹 컹

젖빛 달

푸른 별은

연줄처럼 하늘가에 매여 있다

아침에 걸어놓은

겨울공화국 깃발이

날카로운 파열음을 내며 펄럭인다

귀가 시리다

바람부는 만큼

얼어버린 강

슬픔만큼 얼어버린 마음

모두 거기에 있다

얼은 채로 살고 있는

동태처럼

아무리 춥고 외로워도

살아가는 거다

경안천 생태 습지 공원을 걸으며

시월 주말 아침
이름 모를 철새가
겨울 바람보다 먼저 와서
전령사처럼 부리로 맨땅을 쪼며 신호를 보내네

탁탁 타타 탁 탁
나는 알아들을 수 없네

그 소리에 제 갈 길을 잃지 않고 흐르는 남한강
외진 곳에서도 웃음 잃지 않는 코스모스는
바람에 몸을 뒤척이며
그래 그래 반가워
그래 그래 알고 있어 한다

아직 인사도 못 나눈 갈대의 쓸쓸한 굽은 등과
금방 친해져 손을 흔들었네

삶의 무거운 가방을 메고

경안천을 따라 나는 걷네

뚝방길엔
길을 내주는 낙엽 몇 장, 바람 몇 모금

읽어야 될 책이 생각나
두꺼운 상념의 외투를 벗고
얼른 집으로 돌아오네

눈 오는 날 1

눈 오는 날
가난한 내 마음 속으로 눈이 오는 날

우리 퇴촌마을 지붕 위 모두 하얀 날
걱정 슬픔도 모두 덮어서 하얀 세상

만날 사람이 없어도 그리워 하자
만날 약속이 없어도 집을 나서자

푹푹 빠지는 눈길을 걸어서
아무도 가지 않은 산길로 걸어 가 보자
얼어 붙은 강가로 걸어 가 보자

돌아오지 않을 사람처럼
돌아오지 않을 기차 소리처럼
집을 나서서

돌아오지 않을 것처럼 걷다가
잊었던 그 곳

차라리 그리워지는 집으로 돌아 오자

그리움이 없는 삶은 얼마나 심심한가
눈이 오는 날
그리움을 찾아 걷자

눈 오는 날 2

눈 오는 날
내 마음은 눈을 맞는 허허벌판이네

아무 일도 못하고 아무 생각도 없이
문을 열면 찬바람 부는
이 텅 빈 가슴에 내리는 눈
절벽 밑으로 뛰어 내리는 눈
거기 맨 밑바닥에 내 마음의 벌판이 있네

눈이 오면 그 마음 숨기려고 걷다
뒤를 돌아 보면눈 위에
내 발자국이 멈춰 있네
여기까지 걸어 온 내가 있네

가끔씩 길을 잃어 헤매던
거친 숨소리가 마음 속에 쟁쟁하고
눈물이 고이도록 고마워

눈 속에 잠시 서 있네

잠시 눈 속에 숨어서
부둥켜 안고 살았던 도시를 보네
세상살이 욕심들을 망원경처럼 보네
싸리비로 싹싹 쓸어 버린 곳이 길이겠지
다시 걸어 가야겠지

겨울 관찰기

경안천 갈대밭에
바람이 만들어 놓은 길
겨울은 결코 그리로 오지 않았다
내 빈 마음 맨 밑바닥에서
눈물을 삼키며 걸어왔다
아무도 못 보는 뚝방길
매어놓은 빈 깡통처럼
겨울의 영혼은 바람 소리만 요란했다
얼른 돌아보면
내 발자국을 얼리고
빈 호주머니의 헛헛한 온기마저 앗아갔다
잔인한 겨울의 창 끝에
무심한 억새풀이 누웠다
노을의 눈동자가
불을 켜고 철새가 사라지는 길을 비췄다
내 마음도 가늠 길 없는데
왜 이 길로 걷는 것일까
잠시 발길에 차인 돌맹이 하나가 굴러간다

제 5부

낙타와 편백나무의 노트 혹은 멀미

발

사랑은 어디서 오는 걸까
귀를 기울여 들어보니
머리를 만지며 갸우뚱거리는
나무 한 그루
머리가 아니고 가슴이라고 소리 치는
달무리여
거기 아니라고
바람 속에서
어디론가 날아가는 꽃씨들이
발이라고

낙타와 편백나무의 노트 혹은 멀미

삶에 멀미가 나는 날
창 열고 목을 빼 새벽 공기를 마신다
가끔 너를 찾아가는 이 눈부신 속도에서 내려
간이역에서 우동을 먹는다

뒤돌아보면 마른 땅 위에
쓸데없이 트랙터만 지나간 깊은 바퀴 자국들

사나운 욕망을 버리고
연신 머리를 굽히는 갈대 풀 사이로
열정이 낙타가 되어 세상의 사막을 건넌다

결심하며 걷는 보도 블록 위로
구두 소리가 다가왔다 사라진다

편백나무는 지독한 결백증 환자지
창가에 서서 거실을 들여다보며
내 결심의 기도를 하얀 종이에 적고 있다

세상에 사족을 달며

땅을 기어 다니는 비단뱀처럼 살았던 기억들이 나

마음이 무거워도

기다리는 기차는 더디 오고

기차에 오르지 않아도

이 지겨운 멀미

어느 형제에게

형제여

밝은 주일 아침마다 친절한 목소리로 인사를 나누어도

우리 사이에 아직 걸어야 할 길이 멀다

네 가슴이 비어 있는 것을 안다

나도 그렇다

늘 성경을 읽고 돌아오는 길

세상의 전화 한 통에도 무너져버리지만

늘 나는 쓰러진 전봇대를 다시 일으켜 세우고

그대와 눈부신 교신을 한다.

형제여

가끔 문자로 안부를 묻지 마라

그렇게 영혼 없는 목소리로 나를 부르지 마라

우리의 눈이 어둠보다 어두워진 걸 안다

상냥한 말로 누군가를 속여도

나는 공허한 목소리인 걸 안다

강가에 서보라

꽃을 보라

네가 거기에 있거든

자꾸 머리를 숙여서 기도하라

실컷 울고 기도하라

나도 기도해주마

산을 오르며

해협산을 오르며,
허공에 가지를 뻗은 소나무를 보았다
빈자리를 찾아 잘도 뻗어나가
허공에서 손짓을 하고 서 있다
겨울에 보지 못했던 쾌감의 낭떠러지가
그 위험한 곳까지
봄은 공중에서 내려왔다.
아무도 없는 산속을 뒤지며
초록 등불을 들고
하늘에서 하나둘 내려와
내 잠 속으로 스며든다.
새벽에 깨어보니
눈물이 떨어지는 빈자리에
찔끔 야생화가 피어 있다.

말없이 웃는 두 사람

시를 짓다
마음이 고통스러우면
고흐의 자화상을 본다
세상 살다
영혼이 아프면
예수 십자가를 본다
말없이 웃는 두 사람

소심한 나는

첫사랑 소녀여
내가 슬퍼 울거든 그대 때문이 아니오
그저 혀를 깨물고 참았던
세상살이 슬퍼 우는 것이니

내 슬픔에 그대 놀라 달아날까 봐
이제서야 참았던 울음 터뜨려 우는 것이니
그냥 보고 옛날처럼만 웃어주세요
그럼 내 슬픔 놓아버려
연처럼 저 산으로 숨어버릴 테니
친구여
어느 날 내 슬퍼 엉엉 울거든 그대 때문이 아니오
그저 참았던 슬픔 우는 것이니

내 슬픔에 그대 마음 아플까 봐
한동안 참았던 울음 우는 것이니
같이 잠시만 울어주구려
나의 슬픔으로
첫사랑, 친구를 잊을까 봐

매일 속없이 웃고만 있는데

소심한 나는

늘 처음처럼

늘 처음처럼 님을 사랑할 수 있다면 좋겠다
달빛 아래 당신을 만나 눈물 흘리며 무릎 꿇고
사랑을 고백했던
그날처럼 영원히 님을 사랑하면 좋겠다
항상 첫 마음같이 님을 그리워하면 좋겠다
믿음으로 내게 손을 내밀던 그대여
한 천 년은 그의 종이 되어 살고 싶다
첫 새벽도 태양을 그렇게 힘차게 띄웠으리라
하루 황혼 속에 지더라도
태양은 다시 새벽에서 첫 마음을 품고 찬란하리니
처음처럼 맑고 부푼 가슴으로 만났던
그 황홀한 추억을 영혼에 심고
죽는 날까지 푸르게 사랑하고 싶다

독수리

독수리 한 마리
불타는 심장으로 하늘을 난다
정오의 태양이 뜨면
컴컴한 동굴 속에서
자기 깃을 쪼아대며 피를 흘린다
저 높은 곳으로 가기 위해
나는 얼마나 슬픈 헌혈자였나
피를 흘리고 받은 빵 한 조각을 들고
하얀 차를 나서던 나는

자전거 여행

얼마나 먼 길을 목숨 걸고 달려왔던가
눈물을 삼키고 밤을 더듬으며 고향을 떠났던
가슴으로 울며 걸었던 그날 잊혀지지 않아

2014년 7월 17일 태양 아래 옥수수, 들꽃이 자라고
저녁에 그리움처럼 노을이 지는 길
내 심장의 엔진으로 페달을 밟으며 달리네

산을 넘어 강을 건너서
마음에 잔뜩 고여 글썽이고 있는 눈물을
통일 소망을 땀으로 토해내고

달려 낭떠러지에 가닿으며 새 꿈에 젖어
한 마리 새로 날아오르리
어느 길 끄트머리쯤 처음 품었던 첫 마음 다시 찾아오리라
울음을 터뜨린 임진강 가에 서서
피를 토하며 가족 친구 이름을 목 놓아 불러보네

내 근육으로 밟아 가는 페달이 키우는 꿈

내 몸으로 빚어내는 외침을 아시는지

꼬박꼬박 가슴에 적어둔 웅크려 담긴 말을
몸이 빚어내고 내가 나한테 하는 말을 들으러
땀을 흘리며 힘차게 페달을 밟으리

내 마음의 들판을 맨발로 헤매다 돌아오는 길
발바닥에 새로운 뼈가 나고
통일이여! 그 길을 따라 달려오시라
같이 부둥켜안고 춤추고 노래하리

돌

돌에게 물었다

가는 길인지 서 있는 건지

또 우두커니 돌아온 침묵

아무도 부르지 않았는데

그대가 와서 발길에 차인다

그렇게

나는 무거웠고 바람은 쉬이 지나갔다

외로움 같은 건

나를 지나는 한때 비 같은 것

내 마음속

주먹만 한 이 돌멩이

자꾸 허공에 던지는 욕망 덩어리

어디에 떨어져서 울고 있을까

제 6 부

들판의 풀들아

수박

수박이 쩍 쪼개진다
한 입 베어 물면
늘 늦은 밤
잠을 깨워 일으켜 세우던
그리운 아버지가 있다

시원한 수박 향이 방 안에 퍼지면
휴대폰이 울린다
그리고 기다렸던 사람은
나무 쟁반에 수박을 예쁘게
쪼개놓으면 온다

어떤 삶의 법칙처럼
틀어박힌 수박씨들
퉤 퉤 뱉어낸다
세상에 점 하나씩
내가 살다 간 흔적처럼

들판의 풀들아 1

바람의 마른 기침
빈 호주머니를 털고
가벼워지는,
가벼워질수록
뿌리를 더 깊게 키우는
풀들아,
산책길은 온통
대지에 뿌리를 내리는
심장 소리들
쟁기 소리들
초겨울을 힘차게 건너는 소리
서리 껍질 밑에서
씨앗을 잉태하며
태양을 바라보는
네 목이 자란다
강을 넘어
밤마다,
내 창의 크기만큼 마음 열고
별빛 속에 춤을 추는구나

힘센 바람 속에서도
부러지지 않고
끝끝내 살아남아 손을 흔든다
내 기침 소리에도 흔들리는
이름 없는 풀들아

들판의 풀들아 2

3월, 마른 기침 소리 쟁쟁한 들판
뒤돌아서서 꽃을 키우는 풀들아
헛헛한 생각이 많은 날,
풀들도 발에 차이는구나
개울가엔 봄풀을 먹는 새들
겨울을 건너온 목이 길어진 강아지풀
노을 속에서 춤을 추는구나
힘센 바람 속에서도
끝끝내 살아남아 손을 흔든다
내 발소리에도 놀라서 몸을 뒤척이는
풀들아 풀들아

이

앓던 어금니를 하나 뺏다
이가 있던 자리로 자꾸 한 끼를 씹는다

습관의 자리에 헛발질하는
바람이
분다
살아야겠다

흔들릴 때마다
그때 어금니를 꽉 깨물고

상처는
이제 알몸에 난다
어릴 때처럼

이를 빼고 나서
자꾸 나는 세상에 애들처럼
징징거린다.

봄비 그리고 십자가

옷을 입고 오는
봄비는 세상에 없다
알몸으로 맨발로 창으로 먼저 온다

봄비가 깨워놓은
새벽 닭이 울기도 전
그 사람을 모른다고 말했다
단단히 믿었던 것들이 밤새 나를 떠났다
가끔 찾아오는 불면은
사랑하는 그녀의 잠만 방해한다

한 사내가 자기 십자가를 메고 산을 오른다
뒤돌아보니 아무도 없다

그만큼 물 흐르듯 살아왔던 삶의 그림자들이
헝겊처럼 바람 위를 떠돈다

태어났다는 이유 하나만으로
나는 시계를 깨물고 죽어가지만

죽어가는 눈동자는 맑고 맑다

당신의 이름을 모른다고 모른다고
미치도록 고개를 흔들었는데
다시 내 이름을 부르며 손을 내민다
피 묻은 손으로

북한강

한 남자가 북한강에 가네

겨울 햇살이 늘 내 편이라 우기고 싶을 때

미인의 웃는 은이빨처럼

어색한 햇살은 강물 위를 어슬렁거리다 가네

내가 부른 한 곡조에 스스로 감동하다

그윽한 눈빛으로 세상을 내려다보았지

평생 내 발은 신발 문수를 기억하는데

일상 내 발걸음은 걸어온 길을

기억상실증 환자처럼 비틀거리네

내 마음도 무엇을 잊고 살았는지

돌아다보니 흔들리며 걸어온 길

북한강 길에서 그리워 눈물이 나네

잠시 벤치에 앉아 있는데

하~ 나를 기억하는구나

기가 막혀 기가 막혀

껴안고 울다

낯선 억새풀의 허리를 안고

아직 남은 젊음에 흥겨워

춤추고 노래하네

이 우연한 인연에 강은 찬 파란색으로 일렁이네

쉰세 해 동안 내 몸속을 빠져나간

상념의 파편을 더듬으며

네 몸속으로 흘러가네

내 속으로 가네.

파도 1

그대들의 몸
생채기들이 아름다운 건
꿈이 거기 서 있기 때문이다
밤새 달려왔네
내 몸 부수어
네게로 가는 모양은
늘 이렇구나
형편없이 부수어지는구나
한 바가지 물을 엎질러도
화들짝 놀라서
닦아내는 소심한 가슴인데
꿈을 그리며
저리도 죽도록 달려가는 거구나

파도 2

당신에게 달려오는 모습은 늘 이 모양입니다

와락 안기어 그 품에서 부서져버리고 맙니다

왜 여기까지 왔는지 기억도 나지 않습니다

사랑하지 않겠다고 그렇게 결심하고 걸었었는데

여기 와서 보니 생채기만 무성합니다

한마디만 하고 싶었는데

그마저도 못하고 사랑의 고백은

우주 속으로 밀려가버렸습니다

나는 알았습니다

사랑은 부서지는 거라고

말하지 않고 다 부서지는 거라고

안 아프려고 아둥대며 살아도

한번 부서지고 나면

사랑이 보인다는 것을

그래서 오늘도

파도는 울며 달려오나 봅니다

20세기 시인이 켜는
바이올린 소리를 다시 듣다

저녁이면 불을 켜고
호숫가로 나와 술을 파는 포장마차
난 어둠보다 먼저 그곳으로 갔다
세상에서 추방당한 한 시인이
슬픈 표정으로 술을 마시고 있고
천장에서 바람에 흔들리는
30촉짜리 백열등이 졸며 겨우겨우 밤을 건넌다
몇 개의 주파수가 섞인 채 들려오는
라디오 음악을 안주 삼아
연신 술잔을 비우던 그가
가슴속에서 악보를 꺼내
바이올린 한 곡을 켠다
눈물을 글썽이는 눈은 허공을 쳐다보고
난 바이올린 소리보다
그의 눈물에 슬프게 귀를 열고 듣다
어디선가 21세기를 알리는 사이렌 소리
연주를 마친 그가 마지막 술잔을 비우고
자기 계산을 하고 포장마차를 나선다
그에게 편지를 쓰리라 결심하면서

문학이라는 포장마차에서
세상 거리로 나가는
그 시인의 슬픈 바이올린 소리를
슬프게 슬프게 다시 듣다

가을 바다 단상

가을비 오는 방파제 끝

불을 품고 어둠을 기다리던 빨간 등대가

먼 바다를 번뜩이며 쳐다봅니다

출항을 준비하는 배들은

뱃머리가 바다로 향하고

내 신발도 가슴도 나란히 바다를 바라보았습니다

포구에는 오만 원 오만 원을 외치는

문어 한 짝의 꿈이

어부의 마음속에 쟁쟁합니다

바람의 머플러를 흩날리며

어디서 왔는지 갈매기가 와서 인사를 하고

한숨 입김에 사라졌다 나타나는

저 섬으로 따라오라며 날아갑니다

모래 위에 내 이름 석 자를 적었습니다 그 옆에

그대의 이름도 적어 넣었습니다

무슨 꿈을 꾸었는지

아무 생각도 나지 않습니다

발자욱만 남은 바닷가를 한참을 걸어서

가을 눈빛이 밝아지는 등대에 가서

잊혀진 뜨거웠던 여름을 추억하며

텅 빈 마음을 밝혀보아야겠습니다

제 7 부

아르노 강가 골목을 지나며

아르노 강가 골목을 지나며

물어 물어 미켈란젤로 언덕을 지나

단테가 베아트리체를 우연히 만난

아르노강 베키오 다리를 건너서

백년 국수집 가는 길

바닥에 오브제처럼 뒹구는

개똥을 피해 이리저리 춤을 추듯 골목을 건너며

씁쓸한 웃음을 짓다가

'Urban'이라는 이름의 조각상과 눈이 마주쳤다

이 예기치 않은 한적한 골목길에서의

이름 모를 한 예술가의 열정에

가슴이 먹먹하다

도시로 온

시골 청년 같은 부끄러움을 머금고

음부를 가리고 웃는

그는 누구일까

유럽 공상과학영화의 잔상처럼

이 어색하고 자유로운 예술의 혼들

개똥을 방뇨하고 지나가는 어느 유럽인의 냉정함과

어두운 골목에서의 한 예술가의 열정 사이에 생긴

이 깊은 가슴골 피오르여

아! 폼페이
— 아름답거나 음탕하거나

버스에서 내려
2천 년 전 우아하고 음탕했던 폼페이 여인을 만난다
겨울바람은 포룸에 남은 햇살을 모아놓고
마을 아래 쪽으로 내려갔다
이쯤 와서 성냥불 하나로
헬레니즘 역사를 천천히 들여다본다
프레스코 담벼락 남자의 거친 손과 악수하고
유곽의 음란한 여인과 힐끔 눈이 마주쳐
내가 먼저 시선을 돌리고 말았다
손으로 빛을 가리니 안에 훤히 보이는 공동목욕탕
물을 나르던 납관이 뼈처럼 드러난 공동우물
빵을 구워 먹던 화덕
그리고 도로명 주소로 반듯하게 정돈된 집들
화산재 속에서 공포에 떨며
포옹한 채로 굳어버린 연인 시체를 보다
플리니가 애절하게 썼던 폼페이 최후의 날 편지 끝에서
순간 눈시울이 붉어졌다
눈을 번뜩이며 베수비오 화산 쪽을 바라본다
몇 시간 여기서 서성이다

포룸을 중심으로 집을 가지런히 배열한

현대 도시계획을 뛰어넘는

소통과 앞서간 문명을 들여다본다

문득 생각나,

우리 민족에게도 아직 발견되지 않는 정신이 있지 않을까

신발을 벗고 어서 들어가자

어서 우리의 깊이 묻힌 역사 속으로

그리고 나의 잊혀진 역사 속으로

그 속에 깜깜하게 잊혀진 유산을 두레박으로 꺼내 올려

야지

태양처럼 눈부신 왕국을 세우고

그 속에서 장엄하게 매일매일 죽게 하소서

빈손 들고 어정어정 걷다 보니

이 시대 찬란한 내 절망 위로

시커먼 화산재가 또 쌓이는구나

밀라노에 서서

바에 서서 아침식사를 하고
에스프레소 향을 입에 물고
밀라노 두오모 성당으로 갔네
장엄한 예술미에 감격하다
상업 자본의 침해를 보며 충격을 받았네
600년 넘는 문화 유산인
성당 대리석 벽면에
삼성 갤럭시 기아자동차 대형 전광판 광고가
나란히 걸려 있었기 때문이었지
우리나라 불국사 벽면에 광고판을 달고 있는
끔찍한 모습을 생각해보았네
삼성 기아의 능력에 박수를 칠 일이지만
상업자본의 침략을 허락한
바티칸의 씁쓸한 한 페이지를 읽고
잠시 생각에 잠겼네
대학에서 광고 카피론을 강의하는
내게는 연구과제 하나 생겼지
번뜩이는 전광판에 몸을 섞으며 돌아가는
메이드 인 코리아 브랜드들 앞에서

어깨가 으쓱하다가

포스트모더니즘적 믿음으로

시대를 지탱하는 교황청 뒷모습에

머리가 복잡하네

얼마 후 사제 한 분이

수도의 고단하고 퀭한 얼굴을 하고

내 옆을 지나갈 때

진한 경건의 향기가 났지

아하! 한참을 보고 배울 일이네

로마 바티칸 성 베드로 성당에서
— 영혼이 잠자는 도시

로마시 지하철 안에
아코디언을 켜며 강도 짓을 하는 집시들을 피해
오타비아노역에 내린다

높은 담이 서서 지키는 바티칸 미술관을 지나
시스티나 성당 안은
천지창조, 최후의 심판 천장그림을 올려다보는
열방의 순례자들로 가득하고

베드로 무덤 위에 지은
성 베드로 성당 광장에 서면
햇살이 고단한 여행자에게
따뜻한 손길로 선심을 쓴다

이 성당은 예수가 약속한 반석 교회요 천국 열쇠
포악한 로마인들을 피해 무덤가에서 기도했을
그리스도인들의 눈물의 기도 소리가
귓가에 쟁쟁할 때

성당 벽면에 피에타* 상
동정녀의 아들을 잃은 비탄과 숭엄한 아름다움이
영화의 엔딩처럼 가슴에 선하게 새겨진다

성당 밖 멀리서
로물루스 레무스**가 버려진
테베레강이 내내 성당 안을 훔쳐보다
노을 속으로 흐른다
아 로마의 영혼이 여기서 잠들어 있었구나

* 피에타 : '신이여 자비를 베푸소서'의 의미로 마리아가 예수 주검
  을 안고 애도하는 장면의 미켈란젤로 조각.
** 로물루스 레무스 : 전쟁의 신 마르스와 왕가의 딸 사이에 태어
  난 쌍둥이로 늑대의 젖을 먹고 자라 로마의 시조가 됨.

스위스 융프라우* 산을 오르며
— 신이 탐낸 지상의 보석이여

융프라우를 오르는 산악열차

가슴으로 창을 열고

만년설을 스치고 오는 맑은 바람을 맞는다

눈을 맞고 있는 저기 신비스런 산봉우리에

아직도 따 먹지 않은 겨울 사과 한 알이

신이 먹지 말라고 했던 에덴의 그 사과가

거기 있는 것 같다 귀 기울이면

아직 죄를 모르는 신세계, 신인류여

아무도 모르게 겨울 요정들이 신비스런 맨발로

눈 위를 밟고 깔깔대고 놀다 가는 것 같다

신도 탐낸 지상의 보석이여

만년설로 가슴에 불을 밝히는구나

이 몸의 어둠 속으로 날아 들어와

또박또박 등불을 걸어놓고 가는구나

수줍은 처녀의 젖빛처럼

가슴 뛰는 산봉우리

자유롭게 날리는 눈발이여

한 발짝을 걸을 때마다

다른 세상으로 들어가는 열쇠를 받는구나

아! 이 세상에 돌아가 슬픔을 보고 슬픔이 마르면

다시 등불을 들고 와

찬바람을

눈물 겹도록 쏟아주고 가렴

* 융프라우 : 해발 4.158미터의 알프스산 고봉. 유럽의 지붕. 유네
  스코 세계자연유산. 수천 얼굴의 산세, 변화무쌍한 날씨, 긴 빙하
  로 유명하며 장비 없이 산악열차를 타고 세 시간 가까이 오른다.

나폴리에서
— 새파랗게 질린 그리움처럼

폼페이에서 삼십 분 가다 보니
가파른 절벽 위에 옥수수 알처럼 빼곡하게 들어선 집들이
나타난다
사랑하는 님을 떠나 보내고 그리움에
새파랗게 질려버린 듯한 지중해 바다가 서 있다
하얀 요트들이 그 맨살 위를 간지럽히며 달리고
해안가 바이크 위에서 사랑을 나누는 연인은
쓸쓸히 보도 블록 위를 걷는 나를
경계하는 눈빛도 없이 키스를 나눈다
멀리 소렌토가 나란히 손을 흔든다
어디선가 아픔이 깊어지면서 찾아오는
나그네 몇몇이 내 그림자를 따라 걷는다
이 세상이 정말 쓸쓸할 때 쓸쓸함을 찾아서
사랑하고 싶을 때 사랑을 찾아서
나폴리에 오는가 보다
그리움은 파스처럼 떼어낼 수 없지만
나폴리가 상처 위 연고처럼 내 살 속을 스며든다
오후 햇살 속에서 나폴리항은
나페리의 달콤한 잠을 재워주며

꿈꾸는 연인의 머리를 쓰다듬고 있다

해안가에 올리브나무들이 머리를 풀고

바람과 햇살 속에서 혀를 깨물고 열매를 익히고 있다

어디선가 수박 향내 나는 여인이

맨발로 사라진다 바다 위를 떠돈다

그 나폴리 여인은 한번 떠나면

손님으로나 고향으로 오겠지

내 발걸음 따라 갈매기 한 마리 같이 날고

내 목숨으로 저벅저벅 걸어 들어온 그 생생한 눈물 하나

나폴리 바다는

애긋은 돛단배만 바람에 하나 둘 떠나 보내고 있다

어디선가 트럼펫 소리가 귀에 익다

그래 아무도 그리움을 찾아 떠날 것 같지 않구나

라 스칼라* 오페라 극장에서
— 내 삶의 오페라여

밀라노 라 스칼라 극장에서
여가수의 노래를 들으며
하루가 느릿느릿 저문다

유령처럼 떠도는 나그네의
황혼의 거울 위에 소름을 끼얹는
이 아름다운 노래처럼
이제 내 가슴을 씻어주렴

눈물겨운 별빛과
낯선 발걸음이 사는 이태리 밤거리에
아무리 가로등이 밝게 켜져도
어둠은 찾아오는 법

아무리 기쁘고 행복해도
슬픔은 담쟁이처럼 벽을 기어 오르는구나

어떤 힘이 어떤 소리처럼

느닷없이 내 심장을 와락 붙잡는구나

광장에 바람이 분다 노래하리라
죽는 날까지 노래하리라
시의 오선지 위에서

* 라 스칼라 : 235년 역사를 지닌 유럽 3대 오페라극장. 베르디, 푸
  치니가 초연하기도 했다.

로마 콜로세움에서

— 살기 위해 싸우는 삶의 잔인함의 참회를 위해

화덕에 구운 얇은 피자 한 조각 사서

로마 시를 터벅터벅 걷다

어렸을 적 벤허를 보며

죽기 전 저기를 가볼 수 있을까 기억이 나

전차 경기장 주변을

비둘기들과 같이 종종 걷는다

50유로 50유로 외치며

기념품으로 칼을 파는 이태리 상인 뒤로

거대한 콜로세움은

하늘의 징벌처럼 함몰돼

반쯤 뼈를 드러내고 허공에 기대고 있다

플라비우스*와 로마인들은

너를 죽여야 사는 검투사들에게

맹수의 이빨과 발톱에

갈가리 살이 찢기는 기독교인들을 보며

왜 피를 즐겼을까

그토록 잔인한 인간의 본성은 어디서 오는 걸까

어디서 왔는지 바람 속엔

아레나**는 검투사와 기독교인들의 피 냄새로 흥건하다

21세기를 사는 우리의

본능에도 이런 잔인함이 숨쉬고 있지 않을까

너를 죽여야 내가 사는 정치(政治)

당신이 피 흘리며 죽어야 내가 사는 광기(狂氣)

지금은 앙상한 뼈대만 남은

저 콜로세움 76개 문을 따라

피자를 씹으며 들락거렸을

수만의 로마인들에게

콜로세움이 징벌처럼 서서

신은 우리에게 이 죄를 죽이라고 말한다

* 플라비우스 : 콜로세움을 완공한 로마 황제.
** 아레나(arena) : 피를 덮기 위해 바닥에 모래를 깐 원형 투기장.

파리 센강을 거닐며
— 신라 최치원을 그리다. 한국문화예술의 융성을 위하여

겨울, 햇살을 켜놓고 스스로 빛나는 루브르 박물관,

낯선 나를 보고도 저항도 없이 서 있는

비너스를 마음으로 한참 껴안다

나폴레옹의 조세핀에 대한 사랑, 낭만이

절절한 황제 대관식 그림 앞에 서다

나를 향해 미소를 짓는 모나리자,

얼굴 없는 승리의 여신 니케는 물에 젖은 몸으로

배꼽을 드러내고 서 있다

이름 모를 조각상들은 날개를 퍼득이는 듯

다가와 손을 잡는 듯 한 편의 영화를 보고

루브르 박물관을 나왔다

노을이 지려나 보다

카뮈, 사르트르, 랭보가 거닐었던

퐁데자르 다리를 건너서

샹젤리제 거리까지 간다

해 질 녘 센 강변엔 스케치북을 들고 나온 화가

바이올린을 켜는 악사

와인을 들고 춤추는 연인들

자유분방한 파리지엔으로 가득하다

투명인간처럼 걷는 나는 한참을
파리의 이방인처럼 센강을 떠돌다
내 가난한 영혼에 불이 켜지듯 번쩍
등 뒤로 에펠탑에 불이 켜진다
문득, 천백여 년 전
신라 최치원의 인간주체, 문명의식
그의 열 세기를 앞서간 한반도 문화예술 주체의
세계화 정신이 떠올랐다
내 사랑하는 조국 대한민국이여!
우리의 자랑스런 역사로
문화 융평한 나라로 날아오르라
우리의 몸짓으로 예술의 강을 흐르게 하고
노래하고 사랑하라

피렌체에서

크리스마스를 며칠 앞둔
피렌체 시뇨리아 광장
판자처럼 먼지 쌓인
가슴을 뜯고 오는
두오모 성당 하얀 종소리

초라한 단테의 집 문을 두드리다
내 배낭 속 허기진 문학을 들켜

얼른,
지친 내 발소리에 경계하지 않고
연신 바닥을 쪼는 비둘기에게 말 걸다
힐끔 나를 쳐다보는
그의 영혼과 눈이 마주쳤다

울컥, 부둥켜안고
문학이 시가 어디서 길을 잃었는지
들키지 않게 서서 울었다

그토록 찾았던 베아트리체
신곡에서 천국을 가르쳐주었던
그의 연인의 대리석 같은 흰 가슴에 입맞추고

신 앞에서 목마르게 찾았던
인간의 르네상스 정신을 찾아
피렌체 강가에 한참 떠돌다
어둠 속에서 소리지르며 기다리던
기차에 오르다.

한국 말글의 맛깔스런 노랫소리의 맑고 고운

정 현 기 | 문학평론가

이창봉 시인을 엊그제께 만났다. 아니 작년인지 언제인지 뚜렷하지가 않다. 허나 그의 말소리나 생각 그리고 밀고 나아가는 자기주장이 얼마나 당차고 올곧은지 자주 깜짝깜짝 놀라게 한다. 부드러우면서도 결코 끊어지지 않는 바름에 대한 믿음이 있고 바르지 않은 것에 대한 송곳 같은 뾰족함이 있다. 그의 그런 몸, 맘 가꿈 탓에 내가 그를 만난 겨를이 헤아리기 어려운 것일 테다. 아주 오래전부터 만나 알고 지낸 사람 같다는 이야기다. 문득 그가 시인이라는 걸 알게 되자 아하 그러면 그렇지! 그의 사람됨은 바로 그의 말글쓰기와 이어져 있다는 것을 금세 알게 한다. 문득 그가 시 원고를 보내면서 읽어보라고 한다. 모두 일흔여섯 편인가?

몇 편을 읽다가 나는 깜짝 놀라 내가 써오던 시들을 읽고는 절망한다. 진짜 시 앞에서 부끄러움이 송곳으로 찌른 탓이다. 내 시에 비해 그는 맑고 깨끗하며 말끔하게 갈고 닦여 있다. 2,500여 년 전 중국 사람 공자(孔子)가 1천여 편 되는 민중의 노랫말들을 360여 편으로 가려 뽑으면서 한 말이 이랬다고 전한다. "시 360여 편은 한마디로 말해 생각함에 더러움(邪慝)이 없다는 것이다." 맑고 또 말끔하게 다듬어진 그의 시편들을 읽으며 '맞다, 시란 이래야 하지!' 그렇게 중얼거리다가 그가 내게 부탁한 뒷글(跋文) 생각이 난다.

새벽에 내린 간이역에
누가 벗어놓고 간 구두 한 컬레의 꿈,
보았지?
네 몸에 맞지 않아도 신고 가주렴
슬픔을 잠으로 달래면
고개 숙여 나부끼는 강아지풀에게
목 놓아 사랑을 부르며
이제 저 우주 끝에 가서
아무도 모르게 울어주고 싶다고
전 · 해 · 주 · 렴

— 「바람 속에서 2」 부분

문득 이 시편들에 대한 긴 이야기를 쓰고 싶어진다. 허나 그 일은 좀 뒷일에 속할 테다. 이창봉 시인의 맛깔스런 이 둘째 시집이 아주 많은 이들에게 읽혀 삶의 외로움이 어떤 것인지 또 그 외로움을 움켜쥔 가슴이, 어떻게 아름다운 말글로 꽃피워 떠올리게 되는지, 그런 따뜻한 한글 말씨들을 겪어 보이기를 바란다. 그런 마음 한 가지를 적어 그의 두 차례 내는 시집에 따뜻한 입맞춤을 보낸다. 서럽게 고운 시집 출간을 축하한다.

이창봉 시집 『낙타와 편백나무』
발간에 즈음하여

윤 석 산 | 한국시인협회 회장 · 한양대 명예교수

　이창봉 시인은 나와는 동문이다. 그것도 같은 학교 같은 문예반 출신의 사람이다. 비록 그 차이가 10년 이상의 격차를 지니고 있지만, 같은 학교의 같은 상단(上段)이라는 문예반에 몸을 담았고, 또 같은 시의 길을 간다는 사실이 매우 반갑고 또 친밀함을 더해주고 있다.

　시를 쓴다는 것은 어쩌면 매우 어려운 작업이다. 행을 나누고 몇 줄 되지 않는 짧은 형식의 글이기 때문에 대체적으로 힘도 덜 들고, 그래서 육체적 노동이 상대적으로 덜 한, 그다지 어려운 작업이 아니라고들 생각을 한다. 그러나 그 짧은 형식 때문에 시를 쓰는 작업은 더욱 어려운 일이 되고 있다. 짧은 형식 안에 함축적으로 담아야 한다는 사실이 시를 쓰는 일을 힘들게 한다. 담을 수 있는 그릇은 작고, 담아야 할 내용이 많으니 힘들지 않을 수 없다.

이창봉 시인은 자신이 살고 있고, 또 자신이 체험한 일들을 매우 객관적으로 바라보고, 이를 대상화하여 시라는 그릇에 담는, 그와 같은 시를 쓴다. 시라는 그릇에 담는 과정에 있어 대상화된 일들이나 사물을 육화시키므로 시적 장치를 마련하고, 나아가 시로서 형상화시키고 있음을 볼 수가 있다.

그래서 그런지 이번의 시집 『낙타와 편백나무』에는 여행지에서 보고 느낀 바를 육화하여 시로 쓴 작품들도 많이 보이고, 특히 자신이 살고 있는 경기도 광주 일대에서의 삶을 노래하고 있음을 많이 발견할 수가 있다. 이러한 시인의 모습은 매우 현재적 삶에 관하여 긍정적이고 또 스스로 현재적 삶을 잘 향유하고 있다는 한 방증이기도 하다.

이와 같은 모습과 의식은 이창봉 시인으로 하여금 다만 향리에 묻혀서 향리에서 사는 한 사람의 시인으로서만이 아니라, 향리의 중요한 인물인 해공(海公) 신익희(申翼熙) 선생을 다시금 조명하고, 또 해공 선생이 보여주었던 정신을 오늘에 되살리어 그를 기리는 사업을 펼치기도 한 것으로 생각이 된다.

이러한 이창봉 시인의 마음은 다음과 같은 시에 잘 나타나고 있다.

새벽 별빛
내 공허한 가슴을 열고
환하게 부딪힌다
나와 천국 사이엔 아직

천 길 만 길 걸어야 할 길이 있다.
그래서
나는 남보다 일찍 깬다.
강가에 돌멩이 밟는
내 발자국 소리
잘그락 잘그락
겨우 겨우 새벽 길 건너오다.

—「새벽 길」 부분

「새벽 길」이라는 제목의 시이다. 나와 천국 사이에 걸어야할 천길 만길의 길이 아직 있기 때문에, 남보다 일찍 깨어나야 하는, 그래서 잘그락잘그락 자신의 발자국 소리를 들으며, 힘들여 새벽 길을 건너오는 자신을 바라보는, 내면의 눈을 늘 유지하고자, 이창봉 시인은 노력하고 있는 것이 아닌가 생각이 된다.

시업(詩業)의 길은 다만 시만을 위한 그 길이 아니라, 시를 통한 우리네 삶의 지평을 보다 넓히고 또 굳건히 하는 그 길임을 늘 보여주며, 이창봉 시인이 시의 길에 정진하기를 바라는 마음, 그 마음을 담아 축하의 말에 대신한다.